바베트의
만찬

이 도서의 국립중앙도서관 출판예정도서목록(CIP)은
서지정보유통지원시스템 홈페이지(http://soeji.nl.go.kr)와
국가자료종합목록 구축시스템(http://kolis-net.nl.go.kr)에서 이용하실 수 있습니다.
(CIP제어번호: CIP2011004810)

바베트의 만찬

이자크 디네센 소설 | 노에미 비야무사 그림 | 추미옥 옮김

문학동네

차례

I. 베를레보그의 자매

　　노르웨이, 높은 산 사이로 길고 좁은 바다의 지류가 흐르는 피오르 지역에 베를레보그라는 작은 마을이 있었다. 산기슭에 자리잡은 이 마을에는 회색, 노란색, 분홍색 등 갖가지 색깔의 목조 가옥들이 옹기종기 모여 있어서 마치 장난감 마을을 보는 듯했다.

　　육십오 년 전, 이 마을의 한 노란색 집에 나이 많은 두 자매가 살고 있었다. 당시 여자들은 대개 버슬*을 입었는데, 키가 크고 늘씬했던 이 자매도 버슬을 했더라면 더욱 우아해 보였을 것이다. 하지만 그들의 삶에는 유행이라는 것이 파고들 구석이 없었다. 자매는 평생 회색이나 검은색의 단정

---

* 여성의 스커트 뒷부분을 불룩하게 하기 위해 허리에 대는 것.

한 옷차림만 하고 다녔다. 자매의 세례명은 마르티네와 필리파였다. 마르틴 루터 목사와 그의 친구 필리프 멜란히톤의 이름에서 따온 것이었다. 자매의 아버지는 그 지역에서 독실한 교파를 일군 목사이자 예언가였다. 훗날 노르웨이 전역에서 인정을 받는 그 교파의 신도들은 이 세상도, 이 세상이 주는 모든 것들도 모두 환상에 불과하며, 진정한 현실은 그들이 기다리는 새로운 예루살렘에 있다고 믿으면서 세속의 쾌락을 거부했다. 신도들은 욕하는 법이 없었으며 대화라곤 '그렇다, 아니다' 정도가 전부였다. 그들은 서로를 형제자매라 불렀다.

늘그막에 결혼한 목사는 세상을 뜬 지 이미 오래였다. 해가 갈수록 신도의 수는 줄어들었고, 남아 있는 사람들도 머리가 세거나 벗어지고 귀가 어두운 노인들뿐이었다. 서로 다투는 일도 잦아져서 안타깝게도 신도들 사이에는 알게 모르게 골이 생겼다. 하지만 함께 모여 성경 말씀을 읽고 공부하는 일은 계속되었는데, 목사의 딸들을 어릴 때부터 보아온 신도들의 눈에 늙은 자매는 여전히 목사를 대신하는 귀한 소녀들이었기 때문이다. 그들은 자매의 노란 집에서 스승과 함께 있는 듯 평화롭고 아늑한 감정을 느꼈다.

자매에게는 집안일을 돌봐주는 바베트라는 프랑스 여자가 있었다.

노르웨이의 작은 마을에 사는 이 청교도 여인들에게 프랑스인 가정부는 분명 어울리지 않았다. 사정을 모르는 사람은 고개를 갸웃하겠지만, 베를레보그 사람들은 이 모든 것이 자매의 신앙심과 선한 마음씀씀이 때문이라

는 것을 알고 있었다. 목사의 딸들은 몇 푼 안 되는 수입과 시간을 모두 자선을 베푸는 데에 썼다. 슬픔과 괴로움을 안고 자매를 찾아온 사람들 중에 헛걸음하고 돌아가는 사람은 아무도 없었다. 바베트 역시 마찬가지였다. 십이 년 전 자매를 찾아왔을 때, 그녀는 비탄과 공포에 떨며 갈 곳 없이 헤매는 도망자 신세였다.

하지만 바베트가 자매의 집에서 지내게 된 인연은 그보다 훨씬 이전, 마음속 깊은 곳에 자리한 추억으로 거슬러 올라간다.

II. 마르티네의 연인

처녀 시절 마르티네와 필리파는 무척 아름다웠다. 꽃피는 과일나무나 만년설을 연상시키는 지고지순한 아름다움이었다. 자매를 무도회나 파티에서 만날 수는 없었기에, 이들이 거리를 지나가면 사람들은 모두 고개를 빼고 바라보았다. 베를레보그의 청년들은 통로를 걸어가는 자매의 모습을 보려고 교회에 갔다. 동생 필리파는 특히 목소리가 아름다웠다. 예배 시간이면 그녀의 달콤한 음성이 교회 안을 가득 메웠다. 신도들에게 세속의 사랑과 결혼은 전혀 중요하지 않았다. 그것은 무의미한 환상에 지나지 않았다. 하지만 남자 신도들 가운데는 자매의 아름다움을 천상의 보석보다 높이 사는 사람들도 있었고, 그들은 자매의 아버지에게 그런 뜻을 내비치기도 했다. 그럴 때마다 목사는 단호히 못을 박았다. 딸들은 자기가 소명을 수행하는 데 꼭 필요한 수족과 같은 존재라고. 그에게서 딸들을 데려가는 것은 그 야말로 불가능해 보였다. 게다가 이 고운 처녀들은 천상의 사랑이라는 이상만을 추구하며 자랐던지라, 세상의 열정은 근처에 얼씬도 하지 못하게 했다.

그런데 그런 자매가 베를레보그 외부에서 온 두 남자의 마음을 흔들어놓은 일이 있었다.

로렌스 로벤히엘름이라는 젊은 장교가 있었다. 그는 부대 주둔지에서 방탕한 생활을 하는 바람에 빚더미에 앉게 되었다. 장교의 아버지는 노발대발하며 아들을 한적한 시골 마을인 포숨에 있는 고모 집에 내려보냈다. 그곳에서 한 달 동안 조용히 반성하고 오라는 뜻이었다. 포숨은 베를레보그에서 가까운 마을이었다. 마르티네가 열여덟 살, 필리파가 열일곱 살이던 1854년의 일이다. 포숨에서 지내던 장교는 어느 날 말을 타고 읍내에 나갔다가 장터에서 마르티네를 보았다. 그는 말 위에서 아리따운 처녀를 내려다보았고, 처녀는 늠름한 기수를 올려다보았다. 그녀가 자신의 옆을 지나 시야에서 사라지고 나자, 장교는 자기가 본 것을 믿을 수 없었다. 마치 꿈을 꾼 것 같았다.

로벤히엘름 가문에는 오래전부터 전해 내려오는 이야기가 있었다. 옛날 이 가문의 한 신사가 노르웨이의 산의 정령 훌드라와 결혼했다. 훌드라는 주위의 공기가 빛을 발하고 떨 만큼 아름다웠다. 그후 그녀의 후손이 된 이

가문 사람들은 가끔씩 남들은 보지 못하는 것을 보곤 했다. 하지만 젊은 로렌스는 이전까지 자기에게 그런 특별한 영적 능력이 있으리라고 생각해본 적이 없었다. 그런데 지금 이 순간 그의 눈앞에 번쩍하고 나타난 것은, 빚쟁이나 독촉장, 부모의 잔소리를 멀리 날려버릴 만큼 순수하고 고결한 삶의 희망이었다. 자신을 이끌어주고 토닥여줄 상냥한 금발 천사를 만난 그 순간, 그의 마음속에 서걱대던 앙금이나 근심이 모두 사라져버린 것이다.

장교는 신앙심 깊은 고모 덕에 목사의 집에 출입할 수 있게 되었다. 모자를 벗은 마르티네는 더욱 아름다웠다. 사랑에 가득찬 장교의 시선은 가녀린 마르티네의 움직임 하나하나를 뒤쫓았지만 정작 그녀가 옆에 있을 때면 그는 자신을 혐오할 수밖에 없었다. 그녀를 바로 옆에 두고도 말 한마디 못 하는 자신이 너무나 바보 같았다. 그저 놀랍고 당황스러워 무슨 말을 해야 할지 아무 생각도 나지 않았다. "형제자매 여러분, 자비와 진리가 만납니다. 정의와 축복이 입맞춥니다." 그러나 목사의 설교를 듣는 젊은 장교의 머릿속에서는 자신과 마르티네가 입을 맞추었다. 목사의 집을 계속해서 찾았지만, 그럴수록 장교는 자신의 존재가 초라하고 보잘것없고 우스꽝스럽게만 느껴졌다.

어느 날 저녁 고모 집으로 돌아온 장교는 번쩍이는 승마화를 방구석에 벗어 던지고 탁자에 머리를 박고 울음을 터뜨리기까지 했다.

고모 집에 머무는 마지막 날, 장교는 마침내 마르티네에게 자기의 마음을

전하기로 결심했다. 이전에는 예쁜 여자들에게 사랑한다고 말하는 것이 전혀 어렵지 않았다. 그러나 이 여인의 얼굴을 마주하고 있노라면 달콤한 말들이 목구멍에 걸려 잘 나오지 않았다. 장교가 신도들에게 작별 인사를 하고 나자, 마르티네는 촛불을 들고 문까지 그를 배웅했다. 촛불이 마르티네의 입가를 비추었고 그녀의 긴 속눈썹이 얼굴에 그림자를 드리웠다. 낙담한 장교는 아무 말도 하지 못한 채 발걸음을 떼려다가 마지막 순간 마르티네의 손을 붙잡고 입을 맞추었다.

"영원한 작별이오!" 장교는 절규하듯 말했다. "다시는 당신을 보지 못할 것이오! 난 이곳에서 운명은 도저히 거스를 수 없다는 것을, 그리고 세상에는 불가능한 것들도 있다는 것을 배웠소!"

장교는 포숨의 고모 집을 떠나 부대 주둔지로 돌아갔고, 이제 모험은 끝났다고 생각했다. 그 일은 더이상 떠올리고 싶지 않았다. 동료 장교들이 연애담을 늘어놓을 때도 그는 묵묵히 듣고만 있었다. 왁자한 젊은 장교들 사이에서 자기의 사랑 얘기는 청승맞게 들릴 게 뻔했다. 그들은 경기병 장교가 어쩌다가 별 볼 일 없는 늙은 목사 집에서 재미라곤 손톱만큼도 없는 신도들에게 끽소리도 못하고 주눅이 들어 왔나 하고 생각할 것이 틀림없었다.

불현듯 그는 두려웠다. 공포가 엄습했다. 가문의 내력인가? 꿈 같은 환상이 계속 그를 따라다녔다. 순결하고 성스러운 빛에 감싸인 아름다운 여인의 환상이. 그는 몽상가가 되고 싶진 않았다. 동료 장교들처럼 살고 싶었다.

장교는 자신을 추슬렀다. 베를레보그에서 있었던 일을 잊겠다고, 그 어느 때보다도 독하게 마음먹었다. '이제부턴 앞만 보는 거다. 절대 뒤돌아보지 않아. 내 앞날에만 충실할 거야.' 결국 장교는 자신이 속한 상류층에서 두각을 나타내는 인물이 되었다.

장교의 어머니는 포숨의 고모 집에 다녀온 뒤 변화된 아들의 모습에 기뻐하며 고모에게 감사의 편지를 보냈다. 어머니는 아들이 어떻게 해서 정신을 차리게 되었는지 전혀 알지 못했다.

야망에 찬 젊은 장교는 곧 상관들의 눈에 띄었고, 계속해서 출세가도를 달렸다. 프랑스와 러시아에서 복무하고 귀국한 그는 소피아 여왕의 여관(女官)과 결혼했다. 장교는 사교계에서 품위 있고 여유롭게 지냈고 주위 환경과 자신에게 만족하며 살았다. 세월이 흘러 왕실에서 경건함이 유행하자, 장교는 목사의 집에서 보고 들은 언행을 써먹었다.

그러는 동안, 베를레보그의 노란 집에서는 갑자기 나타났다 홀연히 사라진 잘생기고 과묵했던 청년 장교가 가끔 화제에 올랐다. 물론 얘기를 꺼내는 사람은 동생 필리파였다. 그럴 때면 마르티네는 표정 하나 흔들리지 않고 동생의 말에 대꾸하면서 슬쩍 다른 이야기를 꺼내곤 했다.

III. 필리파의 연인

로벤히엘름이 다녀가고 일 년 후, 그보다 훨씬 유명한 남자가 베를레보그를 찾아왔다.

그는 파리의 유명한 가수 아실 파팽이었다. 그즈음 그는 스톡홀름의 왕립 오페라 극장에서 일주일간 공연했고, 다른 여러 곳에서처럼 많은 청중을 사로잡았다. 어느 날 저녁, 그를 연모하던 궁정의 한 귀부인이 그에게 노르웨이의 광활한 자연경관에 대해 이야기했다. 그 이야기는 아실의 낭만적인 감성을 자극하기에 충분했다. 아실은 노르웨이 해안을 거쳐 프랑스로 돌아가기로 여정을 정했다. 그런데 막상 그 광활한 자연 속에서 묻혀 있노라니 자신이 왜소하게만 느껴졌다. 또 대화 상대도 없이 혼자 있다보니, 자신이 이제 내리막길로 접어든 늙은 가수에 지나지 않는다는 우울한 생각도 들었다. 그러던 어느 일요일, 아실은 특별히 할 일도 없고 해서 교회를 찾았다. 그리고 그곳에서 필리파의 노랫소리를 들었다.

그 순간 아실은 모든 것을 이해했다. 만년설이 쌓인 산꼭대기와 야생화, 북유럽의 백야가 젊은 여인의 음성으로, 그가 이해하는 음악이라는 언어로 다가왔다. 젊은 장교 로렌스 로벤히엘름이 그랬듯, 아실은 환영을 보았다.

'더할 수 없이 위대하신 하느님, 당신의 힘은 끝이 없고 당신의 자비는 구름까지 이릅니다! 파리를 뒤흔들어놓을 프리마돈나가 바로 여기에 있었군요.' 그는 생각했다.

당시 마흔이던 아실 파팽은 검은 곱슬머리에 입술이 붉은 아주 잘생긴 남자였다. 그는 여러 나라에서 떠받드는 유명 가수였지만 거드름을 피우는 사람은 아니었다. 그는 마음이 올곧고 스스로에게 정직한 사람이었다.

아실은 곧장 노란 집을 찾아가서 자신을 소개했다. 목사에게는 그의 이름이 여느 낯선 사람의 이름일 뿐이었다. 아실은 자신이 베를레보그에 요양차 왔으며, 이곳에 머무는 동안 필리파를 가르치고 싶다고 말했다.

그는 파리의 오페라 극장에 대해선 아무 말도 하지 않았다. 대신 필리파가 수업을 받으면 하느님의 영광을 더욱더 아름답게 노래할 수 있을 거라고 길게 설명했다.

그는 설득하는 데에만 신경을 쓰느라, 목사가 가톨릭교도냐고 물었을 때 그만 사실대로 대답하고 말았다. 로마가톨릭교도를 한 번도 만난 적이 없었던 목사는 안색이 조금 변했다. 하지만 목사는 프랑스의 저명한 루터파 학자 르페브르 데타플의 글을 공부했던 젊은 시절이 떠오르기도 했고, 프랑스어로 말할 수 있는 모처럼의 기회가 반갑기도 했다. 여하튼 아실 파팽은 한번 마음먹은 것은 기어코 해내고 마는 사람이었고, 결국 목사의 승낙을 받아냈다. 목사는 딸에게 말했다. "하느님의 길은 사람의 눈으로는 따라갈 수 없는 바다와 눈 덮인 산도 가로지른단다."

그렇게 프랑스의 유명 가수와 젊은 노르웨이 제자의 노래 수업이 시작되었다. 아실의 기대는 점점 확신으로 굳어졌고, 그 확신은 그를 흥분시켰다. '내가 늙었다는 건 괜한 생각이었어. 내 생애 최고의 걸작이 바로 내 앞에 있잖아! 그녀와 내가 함께 노래 부르는 날, 세상엔 다시 한번 기적이 일어날 거야!'

얼마 후, 아실은 자기의 꿈을 가슴속에 담아두지 못하고 필리파에게 얘기했다.

그는 필리파가 고금을 통틀어 가장 빛나는 디바로 떠오를 것이라고 말했다. 황제와 황후, 왕자, 귀부인, 파리의 예술가들이 모두 그녀의 노래에 눈물을 흘릴 거라고. 평민들도 그녀를 추앙하고, 억울하게 고통받고 억압받는 사람들이 그녀의 노래에서 위로와 힘을 얻게 될 거라고. 그리고 그녀가 스승인 자신의 팔짱을 끼고 파리 오페라 극장을 나서면, 사람들은 그녀를 멋진 저녁식사가 기다리고 있는 유명한 카페 앙글레로 앞다투어 모실 거라고도 얘기했다.

필리파는 아실이 한 말들을 아버지에게도 언니에게도 하지 않았다. 난생처음으로 그녀에게 비밀이 생긴 것이다.

그가 그녀에게 모차르트의 오페라 〈돈 조반니〉의 체를리나 역을 연습시키고, 자신은 전에 늘 그러했듯이 주인공 돈 조반니를 노래할 때였다.

그는 이제껏 노래하면서 경험해보지 못한 느낌을 받았다. 1막의 〈유혹의 듀엣〉 이중창을 부를 때, 아실은 천상의 음과 목소리에 그만 넋을 잃었다. 감미로운 마지막 악절이 끝나자, 그는 필리파의 손을 꼭 쥐고 끌어당겼다. 그리고 제단 앞에서 신랑이 신부에게 하듯이 경건한 마음으로 그녀의 손에 입을 맞추고는 그녀를 놓아주었다. 그 순간이 너무나 숭고하여 더이상의 어떤 말이나 몸짓도 할 수 없었기 때문이었다. 모차르트가 하늘에서 두 사람을 내려다보고 있는 것만 같았다.

그날 집으로 돌아간 필리파는 아버지에게 노래 수업을 더이상 받지 않겠다며 파팽 씨에게 편지해 그렇게 말해달라고 부탁했다.

목사는 딸에게 말했다. "하느님의 길은 강을 가로지른단다, 애야."

목사의 편지를 받은 아실은 한 시간 동안 꼼짝 않고 앉아 있기만 했다. '내 탓이야. 내 시대는 끝났어. 위대한 가수 파팽은 이제 없어. 이 빈곤하고 잡초투성이인 세상의 정원은 나이팅게일을 잃고 말았어!'

잠시 후 그는 또 생각했다. '이 처녀가 왜 이러는 걸까? 혹시라도 내가 입

맞춤한 것 때문일까?'

　그리고 결국 생각했다. '입맞춤 한 번에 인생을 날렸구나. 입맞춤에 대한 기억은 털끝만큼도 없건만! 돈 조반니가 체를리나에게 입맞춤한 대가를 아실이 치르다니! 이런 것이 예술가의 운명이로구나!'

　마르티네는 일이 생각보다 심각하다는 것을 직감하고 동생의 표정을 살폈다. 잠시 그녀는 로마가톨릭교도인 신사가 동생에게 입맞춤하려 했을지도 모른다는 상상에 살며시 몸을 떨기도 했다. 하지만 동생의 성격을 아는 마르티네는 필리파가 그 일로 그렇게 놀라거나 기겁했으리라고는 생각지 않았다.

　아실 파팽은 베를레보그를 떠나는 첫 배를 탔다.

　자매는 넓은 세상에서 온 이 손님에 대한 이야기를 거의 입에 올리지 않았다. 그에 대해 무슨 말을 해야 할지 몰랐기 때문이다.

IV. 파리에서 온 편지

그리고 십오 년의 세월이 흐른 1871년 6월, 비 내리는 어느 날 밤이었다. 누군가가 노란 집의 초인종 끈을 세 차례나 세차게 잡아당겼다. 문을 연 자매 앞에는 몸집이 큰 거무스레한 여인이 사색이 되어 서 있었다. 오른쪽 팔에 짐꾸러미를 낀 여인은 자매를 쳐다보며 한 발짝 앞으로 다가오더니 정신을 잃고 문턱에 쓰러졌다. 놀란 자매는 여인을 안으로 들이고 정신이 돌아오도록 응급조치를 취했다. 겨우 몸을 가누고 앉은 여인은 움푹 팬 눈으로 자매를 바라보았다. 그러고는 아무 말 없이 주섬주섬 젖은 옷섶을 뒤져 편지 한 통을 꺼내 자매에게 건넸다.

편지는 자매에게 온 것이 맞았다. 하지만 프랑스어로 적혀 있었다. 자매는 머리를 맞대고 편지를 읽어나갔다.

숙녀분들께!

　나를 기억하시겠소? 그대들을 생각할 때마다 내 가슴은 백합이 가득 피어 있는 산골짝이 된다오! 이 프랑스 남자의 이런 정성 어린 마음이 한 프랑스 여인의 목숨을 구하게 될는지요?

　이 편지를 전하는 사람은 바베트 에르상 부인입니다. 아름다운 황후께서 파리를 탈출하셨듯이 이 여인 또한 파리에서 벗어나야 했소. 내란이 이곳 거리를 휩쓸고 있다오. 프랑스 민족끼리 서로 피를 흘리고 있소. 인권을 위해 일어선 코뮌 지지자들은 싸움에서 지고 목숨을 잃었소. 에르상 부인의 남편과 아들은 유명한 미용사였는데, 총에 맞아 죽고 말았소. 부인은 페트롤뢰즈(석유로 가옥에 불을 지른 여자를 뜻하오)라 하여 붙잡혔다가, 피에 굶주린 갈리페 장군의 손아귀에서 가까스로 탈출했소. 부인은 가진 것을 모두 잃었고 더는 프랑스에 있을 수 없는 처지라오.

　부인의 조카가 크리스티아니아(노르웨이의 수도로 알고 있소만)로 가는 배 '안나 콜비오에른손'의 요리사로 있는데, 숙모의 배편을 마련해줬소. 부인에게는 이것이 세상에서 붙들 수 있는 마지막 지푸라기였던 거요!

　부인은 내가 그대들의 멋진 고장에 다녀온 적이 있다는 것을 알고, 내게 와서 노르웨이에 내가 아는 좋은 사람들이 있으면 소개해달라고 간청했소. '좋은 사람들'이라는 이 말에 내 가슴속에 소중히 간직되어 있던 그대들의 모습이 당장 떠올랐소. 그래서 부인을 그대들께 보내오. 노르웨이 지도를 잊어버리고 안 가져와서, 부인이 크리스티아니아에서 베를레보그까지 어떻게 갈지는 나도 모르겠소. 아무튼 이 부인은 프랑스 여인이니 시련 속에서도 재능과 위엄과 절제를 잃지 않을 것이오.

나는 불행을 겪고 있는 이 부인이 오히려 부럽소. 그대들의 얼굴을 보게 될 테니.

부인을 자비롭게 받아주리라 믿소. 내게도 답장을 보내는 자비를 베풀어주길 바라오.

필리파 양, 지난 십오 년 동안 나는 당신의 목소리가 파리 오페라 극장에 울려 퍼지지 못한 것을 애석해했소. 하지만 오늘 밤 화목한 가족의 품에 있을 그대를 생각하니, 한때 박수와 애정을 보내던 사람들에게 잊혀 외롭고 우울한 지금의 내 처지에 비하면 그대가 더 나은 삶을 선택했다는 생각이 드오. 명성이란 게 뭐겠소? 영광이 또 뭐겠소? 무덤이 우리 모두를 기다리고 있는 것을.

하지만 나의 떠나버린 연인 체릴리나, 설국의 소프라노여! 이 편지를 쓰고 있는 지금, 무덤이 종착역은 아니라는 생각이 드오. 천국에서 그대의 목소리를 다시 듣게 될 테니. 그곳에서 그대는 아무런 두려움이나 주저함 없이 하느님께서 그대를 지으신 바 그대로 마음껏 노래할 것이오. 그곳에서 하느님께서 정하신 대로 위대한 예술가가 될 것이오. 아! 그대는 천사들을 사로잡을 것이오.

바베트는 요리를 할 줄 아오.

한때 그대들의 친구였던 이의 경의를 부디 받아주오.

아실 파팽

편지의 끝자락에는 돈 조반니와 체를리나의 이중창 곡의 첫 두 소절이 깔끔하게 그려져 있었다.

그때까지는 열다섯 살 난 어린 하녀 하나가 자매의 집안일을 도와주고 있었다. 자매에게는 경험 많고 나이든 가정부를 들일 만한 돈이 없었다. 하지만 바베트는 파팽 씨의 좋은 친구분들을 무보수로 모시겠다며, 다른 사람들을 위해서는 일하고 싶지 않다고 말했다. 만일 자매가 자신을 다른 곳으로 보낸다면 자기는 죽어야 할 거라고 했다. 이렇게 해서 바베트는 지금까지 목사 딸들의 노란 집에서 십이 년째 지내고 있다.

V. 고요한 삶

바베트가 자매의 집에 처음 왔을 때는 마치 쫓기는 짐승처럼 불안한 눈빛에 초췌한 모습이었다. 하지만 그녀는 따뜻하고 새로운 환경 속에서 이내 믿음직한 가정부의 자태를 보여주었다. 거렁뱅이처럼 보였던 여인은 알고 보니 당당한 정복자였다. 그녀의 침착한 용모와 그윽한 눈매에는 엄숙함이 배어 있었다. 그녀의 시선이 닿는 곳마다 모든 것이 소리 없이 제자리를 찾아갔다.

그녀가 마님이라 부르는 자매는 과거에 목사가 그랬던 것처럼, 처음엔 가톨릭교도를 집안에 들인다는 사실에 약간 겁을 먹었다. 하지만 지칠 대로 지친 사람에게 교리를 따져 묻고 싶지 않았고, 게다가 프랑스어로 말하는 것도 자신이 없었다. 자매는 모범적인 루터교파의 삶을 보여주는 것이 가정부를 개종시킬 수 있는 최선의 방법이라고 은근히 믿었다. 이렇게 하여 바베트의 존재는 이 집 사람들에게 이를테면 정신적인 자극이 되었다.

프랑스 사람들은 개구리까지 먹는다고 알고 있었던 자매는 바베트가 요리를 할 수 있다는 파팽의 말을 곧이듣지 않았다. 자매는 바베트에게 대구 요리 만드는 법과 맥주와 빵을 넣은 수프를 만드는 법을 가르쳤다. 프랑스 여인은 자매의 요리 시범을 무표정하게 바라보았다. 그후 일주일도 되지 않아, 바베트는 대구 요리와 맥주와 빵을 넣은 수프를 베를레보그 토박이 못지않게 요리해냈다.

목사의 딸들이 또 하나 걱정한 것은 프랑스인들 특유의 사치와 화려함이었다. 바베트를 가정부로 들인 바로 다음날, 자매는 바베트를 앉혀놓고 자신들은 가난하며, 사치스러운 음식은 자신들에게 죄스러운 것이라고 얘기했다. 자매가 먹을 음식은 최대한 간소해야 하며, 가난한 이웃들을 위한 수프와 빵에 신경쓰는 게 더 중요하다고 말했다. 바베트는 고개를 끄덕였다. 그러고는 자신이 처녀 시절에 성자였던 늙은 신부를 위해 요리했다고 말했다. 그녀의 말에 자매는 그 프랑스인 신부보다 더 금욕적인 삶을 살아야겠다고 마음속으로 다짐했다. 바베트가 집안일을 맡은 지 얼마 지나지 않아 자매는 살림에 드는 비용이 놀랍게 줄고 이웃들을 위해 준비한 수프와 빵이 가난하고 아픈 사람들을 살찌우는 신비로운 힘을 발휘하는 것을 보게 되었다.

마을 사람들도 바베트의 뛰어난 솜씨를 인정했다. 노란 집에 피난 온 이 여인은 제2의 고국이 된 이 나라 말을 배운 적이 없었지만, 엉터리 노르웨이어를 써가며 베를레보그에서 제일 짜다는 장사치들과도 훌륭하게 흥정했다. 부둣가와 장터 사람들은 그녀를 존중했다.

처음에 이방인 여자를 미심쩍게 바라보던 늙은 신도들은 자매의 생활이 더욱 좋아지는 것을 지켜보며 기뻐했고 자신들도 그 덕을 보았다. 신도들의 근심걱정이 사라져갔고 적선할 돈이 늘었다. 옛 친구의 비밀스러운 얘기와 고민을 들어줄 여유가 생겼고, 천상의 일에 관해 묵상할 마음의 평화가 찾아왔다. 시간이 지날수록 꽤 많은 신도들이 기도 속에 바베트의 이름을 올렸으며, 아리따운 두 마리아의 집에 사는 까무잡잡한 마르타*, 말이 없는 이 이방인에 대해 하느님께 감사드렸고, 집 짓는 사람들이 버릴 뻔한 돌이 모퉁이의 머릿돌**이 되었다고 생각했다.

노란 집의 여인들만이 그들의 모퉁잇돌이 메카, 즉 카바의 검은 돌***과 무언가 연관되어 있는 듯 신비롭고 놀라운 면모를 지니고 있음을 알아보았다.

---

* 신약성서에 나오는 여인. 여기서는 남을 돌봐주기 좋아하는 유형의 여인을 일컫는다.
** 신약성서에 나오는 표현으로, 사람들에게 외면당하지만 하느님께는 특별히 선택된 인물을 뜻한다.
*** 카바는 메카에 있는 이슬람교 제1의 성소로, 이슬람교도들은 이 신전에 있는 검은 돌을 향해 하루에 다섯 번씩 절을 하며 예배를 드린다.

바베트는 자기의 과거에 대해 거의 말하지 않았다. 바베트가 온 지 얼마 되지 않았을 때, 자매는 바베트가 잃은 것들에 대해 위로한 적이 있었다. 그때 자매는 파팽이 말한 바 있는 당당함과 엄정함을 마주할 수 있었다. 바베트는 어깨를 한 번 으쓱하더니 말했다. "어떡하겠어요. 그것이 제 운명인데요."

그러던 어느 날, 바베트가 말했다. 자신이 수년 전에 프랑스에서 복권을 구입했는데 파리에 있는 믿을 만한 친구가 매년 그 복권을 갱신해주고 있으며, 언젠가는 만 프랑짜리 그랑프리에 당첨될 수도 있다는 것이었다. 이말에, 자매는 자기들의 요리사가 가지고 있는 낡은 천가방이 마치 마술 양탄자처럼 여겨졌다. 언제라도 그녀가 그것을 타고 파리로 날아가버릴 것만 같았다.

가끔 바베트는 마르티네와 필리파가 불러도 대꾸하지 않을 때가 있었다. 듣지 못했나 싶어 찾아보면, 그녀는 주방 식탁에 턱을 괴고 앉아 자매가 평소 가톨릭 기도서일 거라고 생각한 두꺼운 검은 책에 몰두해 있곤 했다. 또어떤 때는 탄탄한 두 팔을 무릎에 얹고 검은 눈을 크게 뜬 채 세 발 달린 주방의자에 앉아 있곤 했는데, 그런 그녀의 모습이 마치 삼각대에 앉아 있는 피티아*처럼 불가사의하고 숙연하게 느껴졌다. 자매는 그런 순간들에서 바

---

* 고대 그리스 중부의 델포이에 있었던 아폴론 신전의 무녀(巫女). 청동 삼각대 위에 앉아 신의 뜻을 점쳤고 승려들이 그것을 해석했다.

베트의 깊은 내면을 느낄 수 있었다. 그리고 그 내면에는 자신들은 전혀 알 수 없는 정열과 추억과 열망이 자리하고 있음을 짐작했다.

자매는 살며시 전율을 느끼며 마음속으로 생각했다. '바베트는 정말로 페트롤뢰즈였나봐.'

VI. 바베트의 행운

12월 15일은 죽은 목사의 백번째 생일이었다.

그의 딸들은 오랫동안 이날을 기다려왔다. 고인이 된 아버지가 아직 살아서 신도들과 함께 있는 것처럼 생일을 기념하고 싶었다. 무엇보다도 금년 들어 신도들 사이에 불화와 갈등이 고개를 들기 시작해서 슬펐고 어찌할 바를 몰랐다. 자매는 신도들의 화합을 이끌어내기 위해 많은 애를 썼지만 별 효과가 없었다. 아버지의 다정하고 훌륭한 성품이 뿌린 열정은 마치 뚜껑 없는 병에 담긴 호프만 아노다인*이 증발해버리듯 이제는 온데간데없었다. 아버지가 떠난 후, 아버지의 신자들보다 훨씬 어린 자매에겐 생소한

---

* 18세기 초 독일의 의학자 프리드리히 호프만이 발명한 진통제.

자로 만든 만큼, 그녀가 모시는 집은 더욱 가난해 보일 터였다! 오랫동안 잊고 살았던 근심걱정이 주방 구석구석에서 스멀스멀 기어나왔다. 축하한다는 말이 자매의 입에서 사그라졌고, 신실한 자매는 자신들의 태도가 부끄러웠다.

그후 며칠 동안 자매는 밝은 표정으로 사람들에게 이 소식을 알렸고, 소식을 듣는 사람들의 표정이 어두워지는 것을 보며 다소 위안을 얻었다. 바베트를 탓할 사람은 아무도 없었다. 새는 자기 둥지로 돌아가고, 사람은 자기가 태어난 나라로 돌아가는 법이니까. 하지만 믿음직하고 착한 이 가정부는 자기가 베를레보그를 떠나면 늙고 가난한 여러 이웃들이 힘들어하리라는 것을 알고 있을까? 더이상 자매에겐 병들고 어려운 사람들을 돌볼 수 있는 시간적 여유가 없었다. 복권은 그야말로 불경한 것이 틀림없었다.

때가 되자, 복권 당첨금이 크리스티아니아와 베를레보그의 관청을 거쳐 노란 집에 도착했다. 자매는 바베트가 당첨금 세는 것을 도왔고, 돈을 보관할 상자를 내주었다. 자매는 그 불길한 지폐들을 만지면서 그것에 익숙해졌다.

자매는 바베트에게 언제 프랑스로 떠나느냐고 물어볼 엄두를 내지 못했다. 12월 15일까지만 같이 있어주기를 바라도 될지 두려웠다.

그때까지 자매는 자기들끼리 하는 대화를 그들의 요리사가 얼마만큼 알아듣는지 잘 알지 못했다. 그래서 9월의 어느 날 저녁 바베트가 거실로 들어와서 그 어느 때보다 겸손하고 차분하게 부탁했을 때, 자매는 무척 놀랐다. 바베트가 목사의 생일에 축하 만찬을 요리하도록 허락해달라고 간곡히 부탁했던 것이다.

자매는 만찬 같은 것은 생각도 하지 않고 있었다. 그들은 지금껏 저녁에 손님에게 커피 이상을 대접해본 적이 없었다. 바베트의 짙은 눈은 애원하는 강아지처럼 간곡하고 단호했다. 자매는 바베트에게 하고 싶은 대로 하라고 말했다. 이 말에 요리사의 표정이 환해졌다.

바베트의 말은 여기서 끝나지 않았다. 그녀는 이번 한 번만 진짜 프랑스 요리를 만들고 싶다고 말했다. 마르티네와 필리파는 서로를 바라보았다. 프랑스 요리라는 것이 정확히 어떤 것인지도 알지 못하는 자매는 이 제안이 부담스러웠다. 하지만 왠지 염려되지는 않았다. 뜻밖의 부탁이긴 했지만, 진짜 프랑스 요리를 하겠다는 걸 반대할 이유도 딱히 없었다.

자매가 허락하자 바베트는 안도의 한숨을 길게 내쉬었다. 그러면서도 자리를 뜨려 하지 않았다. 바베트는 한 가지 소원이 더 있다고 했다. 프랑스식 만찬을 자신의 돈으로 차리도록 허락해달라는 것이었다.

"그건 안 돼, 바베트!" 자매는 기겁했다. 어떻게 그런 일을? 그녀의 귀한 돈을 먹고 마시는 것에, 아니 자매들을 위해서 쓰도록 허락할 거라고 생각했단 말인가? "바베트, 그건 안 될 말이야."

바베트는 자매들을 향해 한 걸음 다가왔다. 밀려오는 파도처럼 바베트의 행동에는 막을 수 없는 무언가가 있었다. 1871년 바리케이드에 붉은 기를 꽂을 때에도 이렇게 단호하게 앞으로 나아갔을까? 바베트는 프랑스인 특유의 우아한 자태로 독특한 노르웨이어를 구사하며 말했다. 그녀의 목소리는 마치 노래하는 것 같았다.

"마님들! 지난 십이 년 동안 제가 한 번이라도 부탁을 드린 적이 있었나요? 없었습니다! 왠지 아세요? 마님들은 매일같이 기도하시죠. 기도할 것이 없는 사람의 마음이 어떤지 상상할 수 있으세요? 바베트가 뭘 위해 기도하겠어요? 아무것도 없어요! 오늘 밤 저는 진정으로 기도할 것이 있어요. 그러니 선하신 하느님께서 마님들의 기도를 들어주시듯, 마님들께서 오늘 밤 바베트의 기도를 기쁘게 들어주실 수 없나요?"

자매는 한참 동안 아무 말도 하지 못했다. 바베트의 말이 옳았다. 지난 십이 년 동안 바베트가 뭔가를 부탁한 것은 이번이 처음이었다. 그리고 마지막일 것이다. 자매는 곰곰이 생각했다. 그리고 어차피 그들의 요리사는 그들보다 부자이고, 만찬 한 번 차리는 것은 만 프랑을 가진 사람에게는 별것 아닐 거라고 결론 내렸다.

결국 자매가 동의하자 바베트는 마치 다른 사람처럼 변했다. 지금 자매의 눈에 보이는 바베트는 젊고 아름다운 여인이었다. 자매는 이제야 자기들이 바베트에게 '좋은 사람들'이 되어준 건가 하고 생각했다. 아실 파팽이 편지에서 말한 것처럼 말이다.

VII. 바다거북

11월이 되자 바베트는 여행을 떠났다.

바베트는 준비할 것들이 있다며, 자매에게 일주일이나 열흘 정도의 휴가를 부탁했다. 그녀를 크리스티아니아에 데려다주었던 조카가 아직도 그곳을 왕래하는 배를 타고 있는데, 그를 만나 부탁할 것도 있다고 했다. 바베트는 배 타는 걸 무서워했다. 그녀가 유일하게 배를 탔던 것은 프랑스에서 노르웨이로 올 때였는데, 살면서 가장 무서운 경험이었다고 말한 적이 있었다. 그런데 이번에는 아주 차분했다. 자매는 바베트의 마음이 이미 프랑스에 가 있어서 그렇다고 여겼다.

바베트는 열흘 뒤 베를레보그에 돌아왔다.

원하는 대로 준비했느냐고 자매가 묻자, 바베트는 그랬다며 조카를 만나 프랑스에서 사와야 할 물건들의 목록을 전해줬다고 말했다. 마르티네와 필리파에겐 반갑지 않은 말이었지만 그들은 바베트가 떠나는 것에 대해 굳이 얘기하고 싶지 않아서 더이상 자세히 묻지 않았다.

바베트는 그후 몇 주 동안 다소 상기되어 있었다. 그리고 12월의 어느 날 의기양양하게 자매에게 알렸다. 물건들이 크리스티아니아에 도착했고, 거기서 다시 베를레보그로 물건들을 보냈는데, 바로 그날 도착한다는 것이었다. 짐수레를 가진 노인에게 부탁해, 항구에서 집까지 물건들을 날라 오도록 해놓았다고도 덧붙였다.

"그 물건들이란 게 뭐지, 바베트?" 자매가 물었다. "뭐긴요, 마님들. 목사님 생신 만찬 때 쓸 요리 재료들이죠. 감사하게도 파리에서 여기까지 모두 안전하게 도착했다는군요."

바베트는 이제 요술램프에서 나온 거인처럼 보였다. 자매는 그녀 앞에서 자신들이 작아진 것처럼 느꼈다. 자매는 머릿속으로 프랑스 만찬을 그려보았다. 성격과 규모를 예측할 수 없는 요리들. 하지만 한평생 약속을 어겨본 적이 없는 자매는 요리사에게 모든 것을 맡겼다.

얼마 후 마르티네는 한 수레나 되는 술병들이 부엌으로 들어가는 것을 보았다. 마르티네는 술병들을 만지다 그중 하나를 집어들었다. "이 병에 든 게 뭐지, 바베트? 포도주는 아니지?" 마르티네가 나지막하게 물었다. "포도주라뇨, 마님! 아니에요. 그건 1846년산 클로 부조*예요!" 그리고 바베트는 덧붙였다. "몽토르게유 가**의 필립이 만든 거죠!" 마르티네는 포도주에 이름이 있을 거라고는 상상하지 못했기 때문에 아무 대꾸도 하지 않았다.

그날 저녁 늦게 마르티네는 초인종 소리에 문을 열었다. 술병을 나르느라 노인이 지쳤는지 이번엔 뱃일을 하는 빨간 머리 소년이 수레를 끌고 왔다. 소년은 수레에서 뭔지 알 수 없는 큰 물건을 들어 보이며 마르티네를 보고 빙긋 웃었다. 등불에 비친 그 물건은 초록빛을 띤 거무스름한 돌 같았다. 그러나 부엌 바닥에 내려놓자, 그 돌에서 갑자기 뱀 같은 머리가 쑥 나오더니 이쪽저쪽으로 천천히 움직였다. 마르티네는 거북 그림을 본 적이 있었다. 어릴 때 새끼 거북을 기른 적도 있었다. 하지만 이렇게 엄청나게 크고 생김새도 흉측한 건 본 적이 없었다. 그녀는 아무 말도 못 하고 부엌에서 나와버렸다.

마르티네는 자기가 본 것을 동생에게 차마 말하지 못했다. 그녀는 그날 밤을 꼬박 새우다시피 하며 아버지를 생각했다. 하필이면 아버지 생일에 자신과 동생이 아버지의 집을 마녀의 잔칫집으로 만드는 게 아닌가 싶었다. 결국 잠은 들었지만 악몽을 꾸었다. 바베트가 나이든 신도들과 필리파와 자신에게 독이 든 음식을 먹이는 꿈이었다.

다음 날 새벽 일찍 잠을 깬 마르티네는 회색 망토를 걸치고 어둑어둑한 밖으로 나갔다. 그녀는 집집마다 다니며 형제자매들에게 사실을 털어놓고

* 1110년경, 시토 수도원의 수도사가 만들었다는 부르고뉴 부조 지방의 포도주 이름.
** 파리 중심가인 레알 부근의 거리 이름.

잘못을 고백했다. 그녀와 동생이 나쁜 뜻으로 그런 것은 아니라고 말했다. 단지 가정부의 소원을 들어주려 한 것뿐이었고 어떤 일이 닥칠지 몰랐다고, 그런데 이제 아버지 생일에 손님들이 먹을 음식이 어떤 것이 될지 알 수 없다고 말했다. 마르티네는 바다거북 얘기는 하지 않았지만, 그녀의 표정과 어조에는 그것에 대한 두려움이 충분히 담겨 있었다. 노인들은 마르티네와 필리파가 망가진 인형을 놓고 울음보를 터뜨리던 어린 시절부터 그들을 보아온 사람들이었다. 마르티네의 눈물을 본 그들의 눈에도 눈물이 고였다. 신도들은 그날 오후에 모여서 이 문제에 대해 의논했다.

신도들은 헤어지기에 앞서 한 가지 약속을 했다. 그날, 자매를 위해 음식에 관한 말은 일절 꺼내지 않기로 한 것이다. 앞에 놓인 음식이 개구리 요리든 달팽이 요리든, 그에 대해선 한마디도 하지 않기로 한 것이다.

하얀 턱수염을 기른 한 형제가 말했다. "어쨌든 혀란 신체에서 작은 부분이지만, 큰 자랑을 말하는 것이기도 하지요. 누구도 혀를 마음대로 할 수는 없어요. 그 악함이 제멋대로이며, 치명적인 독이 가득한 것도 혀예요. 우리 스승님의 생신날, 우리 혀에서 모든 맛을 씻어내고 모든 쾌감과 불쾌감을 없앱시다. 오로지 고결한 찬양과 감사만 올릴 수 있도록 혀를 지킵시다."

이제껏 살면서 특별한 일이 없었던 베를레보그의 형제자매들은 이 순간 깊이 감동받고 고무되었다. 신도들은 맹세의 표시로 서로 악수했고, 마치 스승 앞에서 약속하듯이 마음을 다졌다.

VIII. 찬송

일요일 아침 눈이 내리기 시작했다. 흰 눈이 하염없이 내려 점차 수북이 쌓여갔다. 노란 집의 작은 창들도 눈으로 뒤덮였다.

이날 아침 일찍 포슘에서 한 마부가 자매에게 전갈을 가지고 왔다. 로벤히엘름 부인은 아직 시골집에 살고 있었다. 이제 아흔의 나이에 이른 부인은 귀가 먹었고 냄새나 맛도 구분하지 못했다. 하지만 목사의 초기 후원자였던 부인에게는 목사를 기리는 일이라면 아무리 기력이 쇠해도, 아무리 눈길이 험해도 힘들 것이 없었다. 부인은 자매에게 보낸 편지에서, 마침 조카 로렌스 로벤히엘름 장군이 소식도 없이 자신을 찾아왔는데 목사에 대한 존경심이 깊다면서 동행해도 되겠느냐고 물었다. 조카가 기분이 다소 처져 있는 듯한데, 노란 집에 다녀가면 도움이 될 것 같다고 했다.

마르티네와 필리파는 이 집을 드나들던 젊은 장교 로렌스의 모습을 떠올렸다. 행복했던 옛 시절에 대한 얘기를 나누다보니 눈앞의 근심이 잠시 잊혔다. 자매는 로벤히엘름 장군을 환영한다고 답장했다. 그러고는 바베트에게 만찬의 손님 수가 열둘로 늘었다고 귀띔해주며, 추가된 손님은 파리에서 수년간 산 적이 있다고 말해주었다. 바베트는 그 말에 반가운 기색을 보이며 음식은 충분할 거라고 말했다.

자매는 거실에서 나름대로 간소하게 준비를 했다. 부엌에는 아예 들어가볼 엄두도 나지 않는 데다, 바베트가 항구에서 용케 찾아낸 어떤 배의 조리사 보조가 부엌일을 돕고 있었기 때문이다. 마르티네가 보니, 조리사 보조는 며칠 전에 바다거북을 가지고 온 소년이었다. 소년은 바베트를 도와 식사 시중도 들기로 했다. 까무잡잡한 여인과 빨간 머리 소년은 마치 마녀와 요정처럼 부엌을 점령하고 있었다. 무엇을 굽는지, 새벽부터 끓고 있는 솥에는 뭐가 들었는지, 자매는 전혀 알 수 없었다.

냅킨과 접시는 놀랍도록 깨끗하게 다림질되고 닦여 있었고, 바베트 말고는 어디에서 왔는지 아무도 모르는 잔과 술병들이 준비되어 있었다. 목사의 집에는 식탁용 의자가 열두 개가 안 되었기 때문에 거실에 있던 말털 덮개를 씌운 긴 소파를 식당으로 가져왔다. 가뜩이나 허전했던 거실은 소파를 치우고 나니 더욱 썰렁해 보였다.

마르티네와 필리파는 자기들의 몫인 거실을 최대한 꾸미느라 애썼다. 다른 건 몰라도 손님들을 추위에 떨게 할 수는 없었다. 자매는 하루 종일 키 큰 낡은 난로에 자작나무 장작을 땠다. 벽에 걸린 아버지의 초상화에는 향나무 가지를 둥글게 엮어서 두르고, 초상화 아래에 놓인 어머니가 쓰던 작은 탁자에는 촛대를 올려두었다. 그리고 향나무 가지를 태워 방에 은은한 향이 감돌게 했다. 그러는 도중에 자매는 오늘 같은 날씨에 포숨에서 여기까지 썰매마차가 무사히 올 수 있을까 걱정했다. 준비를 마친 자매는, 오래되어 낡은 옷들 중에서 가장 나은 검은 가운을 입고 의식용 금십자가를 걸었다. 자매는 나란히 앉아서 손을 무릎에 얹고 하느님에게 기도했다.

이윽고 하나둘씩 도착한 늙은 형제자매들이 경건한 몸가짐으로 천천히 집에 들어왔다.

아무것도 깔려 있지 않은 맨바닥에 가구도 거의 없는, 천장 낮은 이 방은 목사의 신도들에게는 소중한 장소였다. 창밖은 완전히 다른 세상이었다. 창턱에 줄지어 세워둔 분홍색, 파란색, 빨간색 히아신스가 방에서 내다보이는 하얀 겨울의 바깥 세상과 경계선을 이루고 있었다. 여름에 창을 열어두면 펄럭이던 흰 모슬린 커튼이 액자틀처럼 바깥 세상을 감싸 안았다.

이날 밤, 손님들은 문 앞 계단을 오르며 온기와 향기로운 냄새를 느꼈다. 신도들은 상록수 화환에 둘러싸인 사랑하는 스승의 얼굴을 들여다보았다. 신도들의 마음이 추위에 언 손가락과 함께 녹았다.

나이 지긋한 한 형제가 잠시 흐르던 침묵을 깨고 떨리는 목소리로 스승이

만든 찬송가 한 구절을 선창했다.

예루살렘, 즐거운 나의 집
그 이름 내겐 언제나 소중하네.

다른 신도들이 모두 따라 불렀다. 가늘게 떨리는 여자들의 음성과 오래전 뱃사람이었던 형제들의 굵은 저음, 그리고 그 사이로 필리파의 맑은 소프라노 음성이 흘렀다. 세월이 흘러 음색은 약간 변했지만 필리파의 목소리는 여전히 천상의 아름다움을 간직하고 있었다. 신도들은 어느새 서로 손을 맞잡고 노래하고 있었다. 사람들은 찬송가를 끝내기가 아쉬운 듯 계속해서 다른 곡을 이어 불렀다.

근심 많은 자여,
먹을 것과 입을 것을 걱정하지 마라.

자매는 3절의 가사에서 다소나마 위안을 얻을 수 있었다.

먹을 것을 구하는 자식에게
돌이나 뱀을 주겠는가?

이 구절은 마르티네의 가슴에 바로 와 닿아, 희망의 불을 환하게 밝혀주었다.

찬송가를 부르는 도중에, 바깥에서 썰매 종소리가 들려왔다. 포슘의 손님들이 도착한 것이었다.

마르티네와 필리파는 밖으로 나가 손님들을 거실로 안내했다. 로벤히엘름 부인은 늙어서 체구가 훨씬 작아졌고, 얼굴은 혈색을 잃어 양피지 같았고 표정이 없었다. 부인 옆에는 화려한 제복을 입은 훤칠하고 건장한 로벤히엘름 장군이 서 있었다. 훈장을 잔뜩 단 가슴을 쭉 편 채 큰 걸음으로 들어서는 장군은 마치 검은 까마귀와 갈까마귀의 조용한 무리 가운데서 걸음을 옮기는 황금색 꿩 혹은 공작 같았다.

IX. 로벤히엘름 장군

포숨에서 베를레보그로 오는 동안 로벤히엘름 장군은 야릇한 기분에 젖었다. 지난 삼십 년 동안 밟지 않았던 이곳. 궁정의 번잡한 생활에서 벗어나 쉬러 왔지만 마음은 편치 않았다. 튀일리 궁과 겨울 궁전에서 지내온 그에게 포숨의 옛집은 애처로울 정도로 아담하고 평화로웠다. 하지만 그곳에는 그의 마음을 불편하게 하는 존재가 있었다. 그 방으로 걸어 들어갔던 젊은 시절의 로벤히엘름 중위였다.

로벤히엘름 장군은 잘생기고 늘씬한 그 모습이 자기 곁을 스쳐 지나가며 미소 짓는 것을 보았다. 젊은이가 노인을 보고 짓는 당당하고 거만한 미소였다. 장군도 웃을 기분만 되었다면, 노인이 젊은이에게 보내는 친절하면서도 약간은 슬픈 미소로 답했을 것이다. 하지만 장군은 그의 고모가 편지에 썼던 대로 우울했다.

장군은 인생에서 원하던 모든 것을 손에 넣었다. 모든 사람들이 그에게 존경과 부러움의 시선을 보냈다. 하지만 정작 장군은 자신의 화려한 삶과 조화를 이루지 못하는 무언가를 느끼고 있었다. 장군은 행복하지 않았다. 뭔가 잘못되어 있었다. 장군은 어딘가 깊이 박혀 있어 눈에 보이지 않는 가시를 찾듯 자기의 내면을 찬찬히 살폈다.

장군은 왕실의 총애를 받고 있었고, 자기가 맡은 일에서도 뛰어났으며 인맥도 두텁게 쌓았다. 이 부분에는 가시가 없었다.

아내는 총명하고 예뻤다. 모임이나 파티 때문에 가정을 약간 등한시하기는 했다. 집안 하인들을 삼 개월마다 바꿨고 장군의 식사를 제때 챙겨주지 않았다. 좋은 음식을 귀하게 여기는 장군은 가끔 소화불량에 걸릴 때면 아내를 원망하곤 했다. 하지만 여기에도 가시는 없었다.

로벤히엘름 장군에게 이상한 일이 생긴 것은 최근 들어서였다. 장군은 어느 때부턴가 자신의 영혼에 관해 생각하게 되었다. 그럴 만한 특별한 계기가 있는 것은 아니었다. 장군은 도덕적인 사람이었고, 왕과 아내와 친구들에게 신의를 지키는 사람이었다. 하지만 세상이 도덕으로만 움직이는 것이 아니라 때로는 알 수 없는 신비로운 힘에 이끌리는 것처럼 생각될 때가 있었다. 장군은 거울 앞에 서서 자기 가슴의 훈장들을 물끄러미 바라보다가 한숨을 내쉬며 혼잣말을 했다. "헛되다, 헛되다, 모든 것이 헛되다!*"

포숨에서 젊은 시절의 자신과 마주친 장군은 자기 인생을 돌아보지 않을 수 없었다.

벌과 나비가 꽃을 탐하듯 젊은 장교 로렌스 로벤히엘름에게는 꿈과 화려함이 따라다녔다. 그는 그런 것들로부터 자유로워지려고 안간힘을 썼다. 하지만 그가 도망가면 그것들은 그의 뒤꽁무니를 쫓아왔다. 장교는 집안에 내려오는 홀드라 전설을 두려워했고, 산의 정령 홀드라의 손짓을 모르는 체하며 남이 보지 못하는 것을 보는 능력을 강력히 거부했다.

나이가 든 로렌스 로벤히엘름 장군은 작은 꿈 하나를 소망했다. 밤이 되기 전 저녁 어스름께 회색 나방이 자신을 찾아와주길 바랐다. 눈먼 사람이 앞을 보고 싶어하듯, 남이 보지 못하는 것을 볼 수 있기를 간절히 소망했다.

오랫동안 수많은 나라에서 이룬 승리의 총합이 결국은 인생의 패배라는 것인가? 로벤히엘름 장군은 젊은 로벤히엘름 중위의 야망을 성취했다. 젊은 그의 야심을 다 채우고도 남을 만큼 성공했다. 세상을 다 얻었다고 해도 지나친 말은 아니었다. 그런데 이제 당당하고 세상 물정에 밝은 노인이 된 그가 젊은 시절의 순진했던 자신을 찾고 있는 것이다. 그는 젊은 자신에게 물었다, 자기가 얻은 것이 무엇인지. 엄숙하게, 아니 비통해하며 물었다. 어디에서인지는 알 수 없지만, 분명 그는 무언가를 잃었던 것이다.

---

* 구약성서 전도서 1장 2절을 변형시킨 말. 원문은 "전도자가 가로되 헛되고 헛되며 헛되고 헛되니 모든 것이 헛되도다".

늙은 로벤히엘름 부인은 조카에게 목사의 생일에 대해 이야기했다. 장군은 고모를 따라 베를레보그에 가기로 마음먹었다. 장군에게 이 일은 단순한 만찬 초대 이상의 의미로 다가왔다.

장군은 이날 저녁 젊은 로벤히엘름과의 못다 한 계산을 청산하기로 결심했다. 목사의 집에서 숙맥 같았던 젊은 장교 로벤히엘름, 결국 승마화에서 노란 집의 먼지를 털어내며 그곳을 잊기로 했던 그였다. 장군은 젊은 자신에게 확실히 인정받고 싶었다. 삼십일 년 전 자신의 선택이 올바른 것이었다고. 천장 낮은 방, 대구 요리와 물잔만 놓인 식탁. 로렌스 로벤히엘름은 그곳의 그 모든 것들을 조금도 견딜 수 없었다고 증언해야 하리라.

장군의 생각은 아주 먼 곳에 가 있었다. 오래전, 파리의 승마 대회에서 우승해 프랑스의 고위 기병대 장교들과 왕자, 공작들에게 축하받던 일이 떠올랐다. 파리에서 제일가는 레스토랑에서 그를 위한 만찬이 베풀어졌다. 그때 장교의 맞은편 자리에는 그가 오랫동안 구애해오던, 아름답기로 소문난 귀족 여인이 앉아 있었다. 여인은 자기의 샴페인 잔 위로 빛나는 짙은 색 눈을 들어 보이며 그를 행복하게 해주겠다는 무언의 약속을 보냈다. 그런데 그 순간, 그의 눈앞에 마르티네의 얼굴이 떠올랐다. 그는 황급히 그 환영을 떨쳐냈다. 썰매를 타고 달리는 지금, 갑자기 그 순간이 떠올랐다. 딸랑거리는 썰매마차 종소리에 한참을 귀기울이던 장군은, 오래전 젊은 로벤히엘름이 꿀 먹은 벙어리처럼 앉아 있었던 바로 그 자리에서, 오늘 밤 자신이 대화를 주도할 것이라는 생각에 미소를 지었다.

　굵은 눈발이 줄기차게 내리며 썰매가 지나간 자리를 메웠다. 로벤히엘름 장군은 높이 세운 외투 깃에 턱을 묻고 고모 옆에 꿈쩍도 않고 앉아 있었다.

X. 바베트의 만찬

바베트의 빨간 머리 친구가 식당문을 열어주었다. 손님들은 천천히 식당 문턱을 넘으며 잡고 있던 손을 놓고 조용히 침묵을 지켰다. 하지만 그들의 영혼은 아직 손을 잡고 노래하고 있어서, 그들 사이에는 조용함 속에서도 정겨움이 흐르고 있었다.

바베트는 식탁 한가운데에 촛대들을 나란히 세웠다. 작은 촛불들이 검은 외투와 드레스들, 그리고 주홍색 제복을 비추었고, 맑고 촉촉한 눈동자들 속에서 환히 빛났다.

로벤히엘름 장군은 촛불에 비친 마르티네의 얼굴에서 삼십 년 전 헤어질 때의 모습을 다시 보았다. 베를레보그에서 삼십 년이라는 세월은 그다지 강한 힘을 갖지 못했는지, 마르티네의 금발이 희끗희끗해졌고 꽃처럼 화사

했던 혈색은 사라졌지만, 단정한 이마, 신실함이 담긴 평화로운 눈, 섣부른 말은 절대 뱉지 않을 것 같은 순수하고 사랑스러운 입술은 그대로였다.

모두 자리에 앉자, 가장 나이 많은 신도가 목사의 말씀을 인용하여 기도했다.

내가 먹은 음식으로 내 몸을 지탱하고
내 몸으로 내 영혼을 지탱하며
내 영혼으로 말과 행동에서
주께 모든 감사를 드리게 하소서.

'음식'이라는 말에 신도들은 모은 손에 고개를 더 깊숙이 숙이며 그 주제에 대해 일절 얘기하지 않기로 한 약속을 다시 한번 새겼다. 아예 생각조차 하지 않기를! 신도들은 신의 은총이 포도주 잔에 가득 넘치던 가나의 혼인 잔치*에 모인 하객들처럼 경건하게 앉아 있었다.

바베트의 조수 노릇을 하는 소년이 사람들 앞에 놓인 작은 잔 하나하나에 포도주를 채웠다. 손님들은 서로의 다짐을 확인하듯 엄숙하게 잔을 입에 가져다 댔다.

---

* 신약성서에 등장하는 에피소드로, 이 혼인 잔치에서 포도주가 모자라자 예수가 물을 포도주로 변하게 했다.

로벤히엘름 장군은 포도주를 미심쩍은 듯 바라보다가 한 모금을 마시고는 깜짝 놀라 잔을 코로 가져갔다. 그러고는 다시 잔을 들어올려 포도주를 살폈다. 그는 놀란 표정으로 잔을 내려놓았다. '거 참 놀랍군!' 장군은 고개를 갸웃했다. '아몬티야도* 아닌가! 그것도 내가 마셔본 것 중 최상품 아몬티야도야.' 잠시 후 장군은 자기 입맛이 잘못됐나 싶어 작은 수저로 수프를 떠먹어보았다. 그러고는 놀란 표정으로 한 술 더 떠먹어보고서야 수저를 내려놓았다. "정말 놀라운 일이로군!" 그는 혼잣말을 했다. "이건 틀림없는 거북 수프야. 맛도 기가 막힌걸!" 장군은 뭔가에 사로잡힌 듯한 기분으로 잔을 비웠다.

베를레보그 사람들은 식사할 때 거의 말을 하지 않았다. 하지만 오늘 저녁에는 왠지 사람들의 혀가 풀린 듯했다. 한 나이든 형제는 자기가 목사를 처음 만난 때에 관해 얘기했다. 또다른 형제는 육십 년 전 자신을 개종하게 만든 목사의 설교에 대해 얘기했다. 마르티네가 음식에 대한 고민을 가장 먼저 털어놓았던 늙은 여인은, 신도들이 어떤 어려움 속에서도 서로 짐을 나누곤 했던 지난 시절을 이야기했다.

저녁식사에서 대화를 주도하겠다고 벼르던 로벤히엘름 장군은 목사의 설교집을 왕비가 애독했다는 얘기를 꺼냈다. 그런데 다른 요리가 나오자

---

* 식전주로 많이 마시는 세리 주(酒)의 일종.

그는 그만 입을 다물었다. "믿을 수가 없어!" 그는 또 혼잣말을 중얼거렸다. "이건 블리니 드미도프*잖아!" 장군은 놀란 눈으로 주위 사람들을 둘러보았다. 사람들은 놀라거나 수긍하는 기색도 없이 하나같이 묵묵히 블리니 드미도프를 먹고 있었다. 마치 지난 삼십 년간 매일 그래왔던 것처럼.

건너편에 앉은 자매는 목사가 살아 있을 때 있었던 놀라운 일들, 기적이라고도 할 수 있는 일들에 관해 얘기하기 시작했다. 자매는 형제자매들에게 물었다. 목사가 피오르 건너편 마을에 가서 크리스마스 설교를 하기로 했던 때를 기억하는지. 당시 보름 전부터 궂은 날씨가 계속되는 바람에 뱃사람이고 어부고 할 것 없이 피오르를 건널 엄두를 내지 못하고 있었다. 마을 사람들이 모두 단념하고 있는데, 목사는 배가 자기를 싣고 가지 못하면 파도 위를 걸어서라도 가겠다고 말했다. 그런데 어떻게 되었던가! 크리스마스를 사흘 앞두고는 폭풍이 멎더니 매서운 서리가 내리기 시작했다. 그리고 이쪽 해안에서 건너편 해안까지 바닷물이 얼어붙었다. 사람들이 기억하는 한 피오르가 얼어붙기는 처음이었다!

소년이 다시 잔을 채웠다. 신도들은 거품이 이는 것을 보고, 이번에는 포도주가 아니라 레모네이드 같은 것이겠거니 하고 마셨다. 그런데 이 레모네이드가 신도들의 들뜬 마음을 기분 좋게 흔들어 더 높고 순수한 곳으로

---

* 러시아에서 유래한 요리로, 빵에 캐비어와 사워크림을 얹은 것.

띄워올렸다.

　로벤히엘름 장군은 다시 잔을 내려놓고, 오른쪽에 앉은 신도를 돌아보며 말했다. "이것은 1860년산 뵈브 클리코*가 틀림없습니다!" 옆 사람은 장군을 바라보며 담담하게 미소 지어 보이고는 날씨 얘기를 꺼냈다.

　바베트의 조수는 손님들의 잔을 한 번씩만 채우라고 지시받았지만, 장군의 잔이 비자 곧 다시 잔을 채워주었다. 장군은 연이어 순식간에 잔을 비웠다. 제정신인 사람이 자기의 감각을 믿지 못할 때는 차라리 술에 취하는 편이 나을는지도 모른다.

　베를레보그 사람들은 잘 차린 음식을 먹을 때면 분위기가 진지했다. 그런데 오늘 밤은 달랐다. 먹고 마실수록 몸과 마음이 점점 더 가벼워졌다. 사람들은 더이상 자기들이 했던 약속을 일부러 상기할 필요가 없었다. 그들은 음식에 대해 잊는 것뿐만 아니라 먹고 마신다는 생각 자체를 버리면 올바른 마음가짐으로 식사할 수 있다는 것을 알게 되었다.

　로벤히엘름 장군은 뭔가에 홀린 듯 식사를 멈추고 가만히 앉아 있었다. 썰매마차를 타고 오면서 추억했던 파리에서의 만찬으로 되돌아간 것만 같았다. 더할 나위 없이 정성스럽고 맛있던 어떤 요리의 이름을 함께 식사했던 갈리페 대령에게 물었던 기억이 떠올랐다. 대령은 '카유 앙 사르코파

---

* 마담 클리코가 17세기 초에 만든 유서 깊은 샴페인 이름.

주**'라고 알려주었다. 그러고는 덧붙였다. 그 요리는 그 레스토랑의 주방장이 개발한 것으로, 그 주방장은 파리 전체를 통틀어 당대 최고의 천재 요리사로 이름난 사람이라고. 더욱 놀라운 것은 그 요리사가 여자라는 사실이라고. "그 여인은 카페 앙글레의 저녁을 일종의 사랑으로 탈바꿈시키고 있다네. 육체적인 욕구와 정신적인 희열 사이의 경계를 느낄 수 없는 고귀하고 낭만적인 사랑이지! 나는 이전에 아름다운 여자를 두고 결투한 적이 있네만, 이보게, 파리의 어떤 여자에게도 이보다 기꺼이 내 피를 바칠 순 없을걸세!" 갈리페 대령은 당시 그렇게 말했다. 로벤히엘름 장군은 자기 왼쪽에 앉은 사람을 돌아보며 말했다. "이 요리는 카유 앙 사르코파주입니다!" 기적에 관한 이야기를 듣고 있던 그 사람은 장군을 멍하게 바라보다가 고개를 끄덕이며 대답했다. "그럼요, 물론이지요. 아니면 뭐겠습니까?"

식탁의 화제는 스승의 기적에서 스승의 딸들이 일상에서 베푼 친절과 자선에 관련된 작은 기적들로 옮겨갔다. 찬송가를 선창했던 형제가 스승의 말을 인용했다. "우리가 이 세상에서 가지고 가는 것은 오로지 우리가 이 세상에서 베푼 것일지니!" 손님들은 미소 지었다. 이 가난하고 소박한 여인들은 다음 세상에서 아주 큰 부자가 되리라!

로벤히엘름 장군은 이제는 놀라지도 않았다. 얼마 후 포도와 복숭아와 신

** 메추라기를 페이스트리로 싸서 여섯 가지 이상의 소스를 끼얹어 먹는 요리.

선한 무화과가 나오자 그는 마주앉은 손님을 향해 웃으며 말했다. "훌륭한 포도입니다!" 마주앉은 사람은 대답했다. "또 에스골 골짜기에 이르러 거기서 포도 한 송이 달린 가지를 베어 둘이 막대기에 꿰어 메고.*"

장군은 자기가 이야기할 때가 되었다고 생각했다. 그는 자리에서 일어나 똑바로 섰다.

그날 저녁식사 중에 일어나서 이야기를 한 사람은 없었다. 나이든 손님들은 고개를 들고 기대에 찬 눈으로 장군을 올려다보았다. 그들은 뱃사람이나 부랑자들이 독한 싸구려 진에 취해 나자빠져 있는 것에는 익숙했지만, 왕을 모시는 장군이 최고급 포도주를 마시고 취기가 오른 것은 전혀 눈치채지 못했다.

---

* 구약성서 민수기 13장 23절. 이스라엘 백성이 애굽을 탈출하여 가나안 땅으로 가는 도중 모세가 가나안 땅을 탐지하러 사람을 보내며 그 땅의 실과를 가져오라 했고, 이에 정탐자들은 포도와 석류, 무화과를 가지고 돌아왔다.

XI. 로벤히엘름 장군의 말

"여러분, 자비와 진리가 하나가 되었습니다. 정의와 축복이 입맞춤할 것입니다."

장군은 왕실 복도를 은은히 울렸던, 단련된 맑은 목소리로 말했다. 하지만 말하는 태도는 자기가 느끼기에도 평소와 달랐다. 무언지 모를 감동이 가슴속에서 일어나 장군은 잠깐 말을 멈춰야 했다. 장군은 평소 자기가 말하고자 하는 목적을 잘 살리기 위해 늘 조심스레 계산하곤 했다. 그런데 이날은 달랐다. 가슴에 훈장을 달고 이 소박한 신도들 가운데 서 있는 지금, 그는 자신이 당연히 전해야 할 말을 하는 대변인에 지나지 않는 것처럼 느껴졌다.

"인간은 나약하고 어리석습니다. 만유에서 은총을 찾을 수 있다고들 합니다만, 어리석고 멀리 보지 못하는 우리 인간은 거룩한 은총이 유한하다고 생각합니다. 이 때문에 우리는 떨게 되고……" 장군은 지금까지 떨었다는 말을 해본 적이 없었다. 그는 자기 입에서 그 말이 나왔다는 것에 스스로 놀라며 충격을 받았다. "우리는 인생의 중대한 선택을 할 때 떨고, 선택을 하고 나서도 잘못한 것이 아닐까 두려워 다시 한번 떱니다. 하지만 우리의 눈이 번쩍 뜨이는 순간이 있습니다. 은총이 무한하다는 것을 깨닫는 순간입니다. 여러분, 은총은 우리가 그것을 믿고 기다리며 감사하는 마음으로 받아들이기만을 원합니다. 형제 여러분, 은총은 조건을 달거나 어느 누구를 특별히 선택하지도 않습니다. 은총은 우리 모두를 품에 안으며 죄를 용서합니다. 우리는 우리가 선택한 것을 얻었고, 우리가 거부한 것까지도 우리에게 왔습니다. 우리가 거부한 것이 오히려 우리에게 풍요롭게 쏟아졌습니다. 자비와 진리는 하나가 되었고, 정의와 축복이 입맞춤했기 때문입니다!"

형제자매들은 장군의 말을 완전히 이해하지는 못했다. 하지만 침착하면서도 고양된 그의 표정과 그들에게 익숙한 귀한 말들이 그들의 마음을 사로잡았다. 삼십일 년이 지난 이날, 로벤히엘름 장군은 목사 집의 저녁식사에서 대화를 주도하는 데 성공했다.

그후에 일어난 일은 정확하게 알 수 없다. 손님들도 정확하게 기억하지 못한다. 마치 수많은 작은 후광들이 하나로 합쳐져 거룩한 광채를 내기라도 한 듯 천상의 빛이 집안을 가득 메웠다는 것 외에는. 말수가 적은 노인들은 말문이 틔었고, 수년간 거의 듣지 못했던 귀가 열렸다. 시간은 영원 속으로 녹아들었다. 자정이 훨씬 지난 시각, 창문이 황금처럼 빛났고 아름다운 노래가 바깥의 겨울 공기 속으로 흘러나갔다.

한때 서로를 욕했던 두 늙은 여인은 앙숙 같은 사이가 되기 훨씬 이전, 둘이 함께 견진성사를 준비하며 손을 맞잡고 끝도 없이 노래 부르며 베를레보그 거리를 돌아다니던 소녀 시절로 돌아가 있었다. 한 늙은 형제는 사내아이들이 치고받듯이 옆의 형제의 옆구리를 툭 치며 소리쳤다. "니놈이 나랑 목재 거래할 때, 그때 날 속였지!" 이 소리를 들은 형제는 거의 고꾸라질 정도로 배꼽을 잡고 웃으며 눈물을 흘렸다. "그래, 그랬다, 이 친구야. 내가 그랬어." 할보르센 선장과 오페고르덴 부인은 어느새 방 한구석에 다정하게 서 있었다. 두 사람은 젊은 시절 비밀스러운 사랑에서 도망치느라 못다 나눈 긴 입맞춤을 했다.

목사의 오랜 신도들은 겸손한 사람들이었다. 훗날 이날 저녁을 떠올릴 때, 그들이 그토록 고귀한 존재가 되었던 것이 자신들이 지닌 가치 때문이라는 사실을 전혀 깨닫지 못했다. 신도들은 단지 로벤히엘름 장군이 말한 무한한 은총이 그들에게 허락되었다고 생각했고, 항상 소망하던 것이 이루어진 것이라고 당연하게 받아들였다. 그들은 이 땅의 헛된 환상이 연기처럼 녹아 사라지고 만물이 참모습을 드러내는 것을 보았다. 신도들은 이렇게 저녁 시간 내내 축복을 누렸다.

로벤히엘름 부인이 가장 먼저 자리를 떴다. 조카는 부인을 부축했고, 자매는 등불을 들고 배웅에 나섰다. 필리파가 부인의 옷을 하나씩 입혀주고 겹겹이 여며주고 있을 때, 장군은 말없이 마르티네의 손을 붙잡고 오랫동안 서 있었다. 그리고 마침내 입을 열었다.

"나는 매일 당신과 함께했었소. 그랬다는 것을 아시오?"

"네, 그러셨다는 걸 알아요." 마르티네가 말했다.

"내게 남은 나날 역시 당신과 함께할 거요. 오늘 밤처럼, 매일 저녁 나는 당신과 저녁을 먹겠소. 육신으로가 아니라 영혼으로. 어차피 육신은 의미가 없으니. 오늘 밤 나는 이 세상에서 그 어떤 것도 가능하다는 것을 배웠소, 소중한 자매여."

"그래요, 형제님. 이 세상에서는 그 어떤 것도 가능해요."

두 사람은 헤어졌다.

손님들이 모두 밖에 나와 섰을 때는 눈이 그쳐 있었다. 마을과 산은 이 세상 것이 아닌 듯 순백의 광채 속에 잠들었고, 길에는 걷기 힘들 정도로 눈이 쌓여 있었다. 노란 집의 손님들은 발을 잘 내딛지 못해 비틀거렸고, 갑자기 주저앉거나 무릎과 손을 짚고 앞으로 넘어지며 눈에 처박히곤 했다. 마치 자신들의 죄를 양털처럼 하얗게 씻기라도 하듯이. 그들은 순결한 새 옷을 입은 어린 양처럼 장난치며 뛰었다. 어린아이가 된 듯한 기분을 느끼다니 모든 이들에게는 축복과도 같은 일이었다. 언제나 심각했던 나이든 형제자매들이 행복했던 유년 시절로 되돌아간 것을 바라보는 일 역시 복된 즐거움이었다. 노인들은 넘어졌다가 다시 일어나고, 걷다가 다시 그 자리에 멈춰 섰다. 사람들은 하늘이 내리는 축복 속에서 하나로 어우러져 춤을 추는 것 같았다.

"복 받으세요, 복 받으세요." 그들이 건네는 소리들이 화음을 이루는 합창처럼 사방에서 울려퍼졌다.

마르티네와 필리파는 오랫동안 집 밖 돌계단에 서 있었다. 자매는 추위를 느끼지 못했다. "별들이 가까이 내려왔어." 필리파가 말했다.

"매일 밤 내려올 거야." 마르티네가 조용히 말했다. "이젠 눈이 안 올 것 같네."

하지만 그 말은 틀렸다. 한 시간쯤 지나자 다시 눈이 내리기 시작했다. 베를레보그에서 일찍이 보지 못한 폭설이었다. 다음날 아침, 사람들은 쌓인 눈 때문에 문을 여는 데 애를 먹었다. 집집마다 창문에 눈이 두껍게 얼어붙어 많은 선량한 사람들이 날이 밝는 줄도 모르고 해가 중천에 오르도록 늦잠을 잤다는 말이 그후로 수년간 전해졌다.

XII. 위대한 예술가

마르티네와 필리파는 문을 잠그면서 바베트를 떠올렸다. 순간, 훈훈하면서도 미안한 마음이 들었다. 바베트 혼자만 이날 저녁의 축복을 누리지 못했기 때문이었다.

자매는 부엌으로 들어갔다. 마르티네가 바베트에게 말했다. "아주 훌륭한 만찬이었어, 바베트."

자매는 온통 고마운 마음뿐이었다. 손님들은 음식에 대해 단 한마디도 하지 않았다. 자매 역시 저녁에 먹은 것들을 기억해내려 해도 생각이 나지 않았다. 마르티네는 바다거북에 생각이 미쳤다. 바다거북은 식탁에 보이지도 않았고, 그것에 대해 걱정했던 것이 지금은 아주 까마득하게 여겨졌다. 어쩌면 그저 악몽을 꾼 것인지도 모른다.

바베트는 도마에 걸터앉아 있었고, 그녀 주위에는 기름기 밴 검은 냄비들이 널려 있었다. 자매는 그렇게 많은 냄비는 처음 보았다. 바베트는 이곳에 처음 찾아와 문 앞에서 실신했을 때처럼 녹초가 되어 있었고, 얼굴은 백지장처럼 하였다.

바베트는 한참 후에야 자매를 쳐다보며 말했다. "저는 카페 앙글레의 요리사였어요."

마르티네가 말했다. "다들 저녁식사가 좋았다고 했어." 바베트는 대꾸하지 않았다. 마르티네가 말을 이었다. "바베트가 파리로 돌아간 후에도, 우리 모두 오늘 저녁을 오래 추억하게 될 거야."

"저는 파리로 돌아가지 않아요."

"파리로 돌아가지 않는다고?" 마르티네가 놀라서 물었다.

"안 가요. 제가 파리에서 뭘 하겠어요? 그곳엔 아무도 없어요. 제가 아는 사람들은 이제 없어요, 마님."

자매는 바베트의 남편과 아들에 생각이 미쳤다. "저런, 불쌍한 바베트."

"네, 다 갔어요. 모르니 공작, 데카제 공작, 나리슈킨 왕자, 갈리페 장군, 오렐리앙 숄, 폴 다뤼, 폴린 공주, 모두 떠났죠! 모두!"

자매는 바베트가 잃었다는 사람들의 생소한 이름과 직위들을 도통 알 수 없었다. 하지만 바베트의 말에는 헤아릴 수 없이 깊은 비애감이 배어 있어서, 자매는 마치 자기들이 그들을 잃은 것처럼 눈물을 글썽였다.

또다시 침묵이 길게 흐른 뒤 바베트가 자매를 보고 살며시 미소 지으며 말했다. "게다가 제가 어떻게 파리로 돌아가겠어요, 마님? 돈 한 푼 없는 걸요."

"한 푼도 없다고?" 자매는 동시에 큰 소리로 물었다.

"네."

"하지만 만 프랑은?" 자매는 너무 놀라 간신히 물었다.

"만 프랑은 다 썼어요." 바베트가 말했다.

자매는 자리에 앉았다. 그리고 일 분이 족히 지나도록 아무 말도 하지 못했다.

"만 프랑을 다?" 마르티네가 낮은 목소리로 천천히 물었다.

"그럴 수밖에요." 바베트에게서는 위엄이 흘렀다. "카페 앙글레에서는 12인분 저녁식사 재료비가 만 프랑이에요."

자매는 다시 아무 말도 하지 못했다. 자매는 바베트의 말을 하나도 이해할 수 없었다. 하지만 이날 저녁에 있었던 일 중 이해할 수 없는 것은 이것만이 아니었다.

마르티네는 아프리카에 선교사로 갔던 아버지 친구에게 들은 이야기가 떠올랐다. 그는 그곳 추장이 아끼는 아내의 목숨을 구한 적이 있었다. 추장은 감사의 뜻으로 그에게 진수성찬을 대접했다. 한참 지난 뒤에야 선교사는 자신의 흑인 하인을 통해 놀라운 사실을 알게 되었다. 훌륭한 기독교 주

술사를 위해 추장이 대접한 것은 추장의 통통한 어린 손자였다는 것을. 그 애기를 떠올리며 마르티네는 새삼 소름이 돋았다.

하지만 필리파의 마음은 사르르 녹아들었다. 잊지 못할 저녁이 다 끝나가나 했는데, 한 사람의 충심과 희생이 남아 있었던 것이다.

"바베트, 우리를 위해 가진 돈을 모두 쓰다니." 필리파가 부드러운 목소리로 말했다.

바베트는 필리파를 한참 바라보았다. 낯선 눈빛이었다. 측은해하는 눈빛 같기도 하고, 재미있어하는 눈빛 같기도 했다.

"마님들을 위해서라고요? 아니에요. 저를 위해서였어요."

바베트는 도마에서 일어나 자매 앞에 섰다.

"저는 위대한 예술가예요!"

바베트는 잠시 후 한 번 더 말했다. "위대한 예술가라고요, 마님."

부엌에는 다시 깊은 침묵이 흘렀다.

마르티네가 말했다. "그러면 이제 평생 가난하게 살려고, 바베트?"

"가난하다고요?" 바베트는 혼자만 아는 듯한 미소를 지었다. "아니에요, 전 절대로 가난하지 않아요. 저는 위대한 예술가라니까요. 위대한 예술가는 결코 가난하지 않아요, 마님. 예술가들에겐 다른 사람들은 알 수 없는 것이 있어요."

언니는 말을 잇지 못하고 있었지만, 필리파는 가슴속 깊이 오랜만에 맛보

는 감동을 느끼고 있었다. 필리파는 오래전에 카페 앙글레에 대해 들은 적이 있었다. 또 바베트가 말한 사람들의 이름도 들은 적이 있었다. 필리파는 일어서서 가정부에게 한 발짝 다가섰다.

"하지만 바베트가 말한 그 사람들, 그러니까 그 왕자들이며 파리의 귀족들 말야, 그 사람들은 바베트가 맞서 싸운 사람들이잖아. 바베트는 코뮌 지지자였고! 바베트가 말한 장군은 바베트의 남편과 아들을 총살한 사람이잖아! 왜 그 사람들을 잃은 것 때문에 슬퍼하는 거지?"

바베트의 검은 눈동자가 필리파의 눈과 마주쳤다.

"맞아요. 저는 코뮌 지지자였어요. 그랬었죠! 그리고 마님, 제가 말한 그 사람들은 모두 사악하고 냉혹한 인간들이었어요. 그들은 파리 시민들을 굶주리게 했고 가난한 사람들을 부당하게 억압했어요. 저는 바리케이드를 딛고 일어섰어요. 동지들을 위해 총을 들었어요! 그래요. 하지만 마님, 제가 말한 그 사람들이 이젠 그곳에 없기 때문에 전 파리로 돌아가지 않아요."

바베트는 생각에 빠져 꼼짝 않고 서 있었다.

잠시 침묵을 지키던 그녀가 다시 입을 열었다. "마님, 그들은 제 손안에 있었어요. 그들은 모두 제 사람들이었죠. 그들은 마님들이 상상하기도 어려운 돈을 써가며 제가 얼마나 훌륭한 예술가인지를 몸소 배우고 훈련받았어요. 제겐 그들을 기쁘게 할 수 있는 힘이 있었죠. 제가 최선을 다할 땐 그들에게 완벽한 기쁨을 줄 수 있었어요."

바베트는 잠깐 말을 멈추었다.

"그건 파팽 씨도 마찬가지였죠."

"파팽 씨라고?" 필리파가 물었다.

"네, 마님, 파팽 씨요. 그분이 제게 말씀하셨죠. '예술가로서 최선을 다할 수 없는 상황에 몰리거나, 최선을 다하지 않고도 박수를 받는 것만큼 참을 수 없는 것은 없다'고요. 또 말씀하셨죠. '예술가가 세상을 향해 부르짖는 것은, 최선을 다할 수 있도록 날 내버려둬달라는 외침뿐이다.'"

필리파는 다가가서 바베트를 품에 안았다. 요리사의 몸은 대리석 같았지만 필리파는 머리에서 발끝까지 전율을 느꼈다.

필리파는 한참 동안 아무 말도 못 하다가 속삭였다.

"그래, 아직 끝나지 않았어! 바베트, 난 알아. 이게 끝이 아니라는 걸. 천국에서는 바베트가 하느님께서 바베트를 지으신 그대로 위대한 예술가로 남을 거야! 오!" 필리파의 두 뺨에 눈물이 흘러내렸다. "그래, 바베트는 천사들을 사로잡을 거야!"

1885   4월 17일 덴마크 룽스테드에서 태어났다. 본명은 카렌. 아버지인 빌헬름 디네센은 군인,
        운동선수, 작가이자 하원의원이었으며, 어머니인 인게보르 베스텐홀스 디네센은 부유한
        선주의 딸로, 유니테리언 교도이자 덴마크 최초의 여성 교구장이기도 했다.

1895   아버지 자살. 매독에 걸린 것이 원인이었던 것으로 추정됨.

1899   어머니, 여동생들과 함께 스위스에서 6개월간 프랑스어를 배움.

1903~1906   코펜하겐 예술 아카데미에서 수학.

1907   첫 작품 「은둔자」가 〈틸스쿠에렌〉에, 「농부」가 〈가스 단스케〉에 실림.

1909   〈틸스쿠에렌〉에 「드 캣 가족」을 게재. 친가 쪽 육촌인 한스 폰 블릭센 피네케 남작과 사
        랑에 빠지다.

1912   12월 한스 폰 블릭센의 쌍둥이 형제인 브로르 폰 블릭센(1886~1946)과 약혼.

1913   나폴리에서 배를 타고 아프리카로 떠남.

1914   1월 14일 동아프리카 케냐에서 브로르와 결혼. 나이로비 부근에서 1500에이커에 이르는
        커피 농장을 경영하기 시작함.

1915   남편에게서 옮은 매독을 치료하기 위해 덴마크로 돌아감.

1916   브로르와 함께 다시 아프리카로 돌아옴. 친척들의 지원을 받아 카렌 커피 회사를 세우고
        리프트 계곡 근처의 농장을 구입함.

1918   영국인 사냥꾼 데니스 핀치 해턴(1887~1931)을 만남.

1921	남편과 별거. 남동생 토마스의 도움으로 커피 농장의 경영권을 완전히 인수함.
1922	연인 핀치 해턴의 아이를 유산함.
1923	화재로 커피 농장이 진소함. 토마스가 농장 경영권을 완전히 맡기고 떠남.
1925	남편 브로르 폰 블릭센과 이혼.
1926	〈틸스쿠에렌〉에 「진실의 복수」 게재.
1930	세계 대공황의 영향으로 농장 경영이 더욱 어려워짐.
1931	이상 기후로 인한 커피 값의 폭락으로 3월에 농장을 매각. 5월 핀치 해턴이 비행기 사고로 사망. 혼자 덴마크로 돌아옴.
1934	영어로 쓴 『일곱 개의 고딕 이야기』 출간.
1937	회고록 『아웃 오브 아프리카』 출간.
1942	소설집 『겨울 이야기』 출간.
1946	피에르 앙드레젤이라는 또다른 필명으로 장편소설 『천사 복수자』 출간.
1954	노벨문학상 후보에 올랐으나 어니스트 헤밍웨이가 수상함.
1957	소설집 『마지막 이야기』 출간. 다시 노벨문학상 후보에 올랐으나 알베르 카뮈가 수상함.
1958	『바베트의 만찬』(원제: 운명의 일화) 출간.
1959	미국으로 강연 여행을 떠나 큰 성공을 거둠.
1960	회고록 『풀 위의 그림자』 출간.
1962	9월 7일 룽스테드의 자택에서 수술 후유증인 영양실조로 사망.
1977	소설집 『카니발』 출간.

1979   산문집『다게레오타입 외 에세이』출간.

1981   서간집『아프리카로부터 온 편지: 1914~1931』출간.

1986   산문집『결혼에 대하여』출간.

이자크 디네센의 작품이 일러스트판으로 출간된다니 무척 반가운 일이다. 특히 소담하고 아름다운 이야기인 「바베트의 만찬」은 그림과 썩 잘 어울리는 소설이라고 생각한다.

디네센의 작품들은 고딕적이거나 동화적인 성향이 짙은데, 그중 「바베트의 만찬」은 동화적인 성향을 대표하는 작품이다. 말하자면 옛날이야기를 듣는 기분을 느끼게 하는 소설이다. 디네센은 노벨문학상 후보에 두 차례나 오른 실력 있는 작가이자 실제로 뛰어난 이야기꾼이었다. 말년에 나온 이 작품에는 작가의 이야기꾼으로서의 탁월한 재능이 담백하게 녹아 있다.

또한 「바베트의 만찬」은 작가의 기독교적인 성향과 예술관이 가장 도드라진 작품이다. 무엇보다도 주인공 바베트는 디네센의 작품에 등장하는 인물들 가운데 작가 자신의 이미지가 가장 강하게 투영되어 있는 인물이 아닐까 싶다. 바베트는 치열한 삶을 살았던 여인이며, 요리사로서의 솜씨가 예술의 경지에 이르렀던 인물이다. 가족과 모든 것을 잃고 이국의 시골 마을에 정착하면서 이제는 최고급 레스토랑의 요리사가 아닌 평범한 가정부로 살게 된다. 하지만 열두 명의 시골 노인들을 위해 그들의 생에 마지막일 수 있는 만찬을 차려냄으로써 요리사로서의 예술혼은 최고의 꽃을 피운다. 시골 노인들은 최고급 레스토랑의 손님들처럼 요리의 감각적인 맛과 금전적 가치는 인식하지 못하지만, 만찬을 통해 자신들의 죄와 인생의 모든 짐을 씻을 수 있는 구원의 시간을 맛본다. 마치 예수가 열두 명의 사도에게 마지막으로 베푼 만찬처럼.

바베트처럼 작가 자신도 삶에 대한 열정이 강했으며 작가로서 화려한 성공도 경험했다. 고국 덴마크를 떠나 아프리카 땅에서의 새로운 삶에 청춘을 바쳤고, 쉰이 다 된 나이에 본격적으로 작품 활동을 시작하면서 많은 작품을 쓰지는 못했지만, 출판한 책들이 대단한 선풍을 일으켰다. 하지만「바베트의 만찬」은 디네센이 두 차례나 노벨문학상 후보에 오르는 영예를 맛본 뒤에 나왔다. 작가로서의 기량이 완전히 무르익은 시점에 빚어진 작품인 것이다. 그래서인지 화려함보다는 수수함이 느껴지며 주인공 바베트는 인생을 관조하는 작가의 모습처럼 다가온다.

바베트가 전 재산을 쏟아붓고 혼신을 다해 만찬을 요리해낸 것처럼, 겉으로는 소박해 보이는 이 작품에는 작가의 인생 전체가 담겨 있다. 숨은 보석 같은 「바베트의 만찬」이 아름다운 일러스트와 함께 더욱 빛나기를 바라 마지않는다.

옮긴이 **추미옥**
부산대학교 영어영문학과를 졸업하고 한국외국어대학교 통번역대학원에서 석사학위를 받았다. 옮긴 책
으로 『동물농장』 『바베트의 만찬』 『일곱 개의 고딕 이야기』 등 다수가 있다.

문학동네 세계문학
바베트의 만찬

1판 1쇄 2012년 1월 17일 | 1판 10쇄 2023년 9월 25일

지은이 이자크 디네센 | 그린이 노에미 비야무사 | 옮긴이 추미옥
책임편집 김경미 김동준 | 편집 오영나 | 독자 모니터 이원주
디자인 김이정 이원경 | 저작권 박지영 형소진 최은진 서연주 오서영
마케팅 정민호 서지화 한민아 이민경 안남영 왕지경 황승현 김혜원 김하연
브랜딩 함유지 함근아 고보미 박민재 김희숙 정승민 배진성
제작 강신은 김동욱 이순호 | 제작처 영신사

펴낸곳 (주)문학동네 | 펴낸이 김소영
출판등록 1993년 10월 22일 제2003-000045호
주소 10881 경기도 파주시 회동길 210
전자우편 editor@munhak.com | 대표전화 031) 955-8888 | 팩스 031) 955-8855
문의전화 031) 955-1927(마케팅) 031) 955-8861(편집)
문학동네카페 http://cafe.naver.com/mhdn
인스타그램 @munhakdongne | 트위터 @munhakdongne
북클럽문학동네 http://bookclubmunhak.com

ISBN 978-89-546-1658-4 03890

www.munhak.com

변신

프란츠 카프카 소설 | 루이스 스카파티 그림 | 이재황 옮김

현대문학의 신화가 된 카프카의 불멸의 단편! 모든 것이 불확실하고 출구를 찾을 수
없는 현대인의 삶 속에서 인간에게 주어진 불안한 의식과 구원에의 꿈 등을 명료한
언어로 아름답게 형상화했다.

파우스트

요한 볼프강 폰 괴테 지음 | 외젠 들라크루아, 막스 베크만 그림 | 이인웅 옮김

괴테가 육십여 년에 걸쳐 쓴 필생의 대작이자 독일문학 최고의 걸작으로 일컬어지는
영원불멸의 고전. 지식과 학문에 절망한 노학자 파우스트 박사의 미망(迷妄)과 구원
의 장구한 노정.

지킬 박사와 하이드 씨

로버트 루이스 스티븐슨 소설 | 마우로 카시올리 그림 | 강미경 옮김

『보물섬』의 작가 로버트 루이스 스티븐슨이 인간의 마음속에 공존하는 선과 악의 대
립에 대해 심오한 질문을 던진다. 명망 높은 과학자 헨리 지킬 박사와 흉악범 에드워
드 하이드, 두 사람의 미스터리한 이야기.

검은 고양이

에드거 앨런 포 소설 | 루이스 스카파티 그림 | 강미경 옮김

비운의 천재 작가 에드거 앨런 포의 공포 단편선. 인간의 비이성적인 광기와 분노를
그린 「검은 고양이」, 서서히 죽음을 "맛보는" 고통 「나락과 진자」, 산 채로 매장당한
자의 생생한 경험담 「때 이른 매장」 수록.

필경사 바틀비

허먼 멜빌 소설 | 하비에르 사발라 그림 | 공진호 옮김

"안 하는 편을 택하겠습니다." 삭막한 월 스트리트에서 안락하게 살아온 한 변호사 앞
에 기이한 필경사 바틀비가 등장하고, 이 필경사가 던진 한마디가 월 스트리트의 철
벽에 균열을 일으키기 시작하는데…… 세계문학사 최고의 단편.

외투

니콜라이 고골 소설 | 노에미 비야무사 그림 | 이항재 옮김

보잘것없는 9급 문관 아카키 아카키예비치의 인생에 어느 날 새로운 외투가 나타난
다. 하지만 새 외투를 처음 입은 날, 그는 강도를 만나 외투를 빼앗기고 마는데……
비판적 리얼리즘의 대가 고골이 그린 러시아 문학의 정수!

밤: 악몽

기 드 모파상 소설 | 토뇨 베나비데스 그림 | 송의경 옮김

19세기 세계문학사에서 3대 단편작가로 꼽히는 모파상. 그가 그려내는 어둠에 대한
동경과 공포. 파리 시가지의 밤 풍경과 현실과 비현실을 넘나드는 주인공의 의식을
통해 환상적이고 광기어린 분위기를 담아냈다.

장화 신은 고양이

샤를 페로 소설 | 하비에르 사발라 그림 | 송의경 옮김

프랑스 아동문학의 아버지 샤를 페로의 고양이 이야기. 가난한 방앗간 주인의 막내
아들은 유산으로 달랑 고양이 한 마리를 받고, 고양이는 천연덕스럽게 장화를 신고
자루를 목에 걸고는 사냥을 나서는데……

개를 데리고 다니는 여인

안톤 체호프 소설 | 하비에르 사발라 그림 | 이현우 옮김

"제대로 살아보고 싶었어요!" 남에게 보여주기 위한 삶, 자신에게도 솔직하지 못한
삶, 그 안에 숨은 열정, 그리고 시작되는 사랑…… 로쟈 이현우의 러시아어 원전 번
역으로 만나는 체호프 단편소설의 정점.

아담과 이브의 일기

마크 트웨인 소설 | 프란시스코 멜렌데스 그림 | 김송현정 옮김

미국문학의 아버지 마크 트웨인이 그려낸 인류 최초의 러브스토리. '이 세상'에 도착
한 최초의 여행자 아담과 이브. 게으르고 저속하며 아둔한 '그'와, 쉴새없이 재잘대고
엉뚱한 짓을 저지르는 '그녀'가 새로운 '우리'로 거듭나기까지.

1984

조지 오웰 장편소설 | 루이스 스카파티 그림 | 김기혁 옮김

첨단기술을 만난 독재의 화신, 모든 것을 보고 듣고 통제하는 빅 브라더. 그리고 인간
정신을 지키기 위해 분투하는 '지구 최후의 남자' 윈스턴…… 조지 오웰의 작가적 목
소리가 오롯이 담긴 최후의 걸작 『1984』가 세계적인 화가 루이스 스카파티의 시선을
사로잡는 삽화로 더욱 강렬하게 다가온다.